U0087819

你會愛上月亮莎莎的五個理由……

快來認識牙齒尖尖又
超可愛的月亮莎莎！

她的媽媽用魔法把玩偶
「粉紅兔兔」變成真的了！

仙子學校或吸血鬼學校
—— 你會選哪一間？

莎莎的家庭很瘋狂唷！

神秘迷人的
粉紅 X 黑色
手繪插畫

如果你可以選擇的話，
你想當仙子，
還是吸血鬼呢？

吸血鬼！因為吸血鬼很有
禮貌，而且吸血鬼不會
出現在鏡子上，很酷！
（斯拉／6歲）

想當仙子，
因為很漂亮。
（朵朵／6歲）

仙子！因為吸血鬼早上都要
睡覺，這樣很多店都關門，
我就不能去吃喜歡的東西，
而且一下子就早上了！
（胖球／8歲）

我想當一個
最酷的仙子！
（地方小女兒／7歲）

吸血鬼！
（阿紫／8歲）

仙子！
（圓姐／9歲）

國家圖書館出版品預行編目資料

月亮莎莎去上學／哈莉葉·曼凱斯特(Harriet Muncaster)文圖;黃筱茵譯.－－初版二刷.－－臺北市: 弘雅三民, 2022
面; 公分.－－（小書芽）
譯自: Isadora Moon Goes to School
ISBN 978-626-307-322-7 （平裝）

873.596   110014844

小書芽

月亮莎莎去上學

文　　　圖	哈莉葉·曼凱斯特
譯　　　者	黃筱茵
責任編輯	林芷安
美術編輯	黃顯喬

發 行 人	劉仲傑
出 版 者	弘雅三民圖書股份有限公司
地　　　址	臺北市復興北路 386 號 (復北門市)
	臺北市重慶南路一段 61 號 (重南門市)
電　　　話	(02)25006600
網　　　址	三民網路書店 https://www.sanmin.com.tw

出版日期	初版一刷 2021 年 10 月
	初版二刷 2022 年 9 月
書籍編號	H859630
I S B N	978-626-307-322-7

Isadora Moon Goes to School
Copyright © Harriet Muncaster 2016
Traditional Chinese copyright © 2021 by Honya Book Co., Ltd.
Isadora Moon Goes to School was originally published in English in 2016.
This translation is published by arrangement with Oxford University Press.
All rights reserved.

弘雅三民圖書

月亮莎莎

去上學

哈莉葉‧曼凱斯特／文圖

黃筱茵／譯

三民書局

獻給世界上所有的吸血鬼、仙子和人類！
也獻給我美麗動人的婆婆莎拉。

第一章

我是月亮莎莎！

粉紅兔兔和我在一起時，總是玩得好開心。

　　我媽媽是寇蒂莉亞・月亮伯爵夫人，她是仙子。沒錯，這是真的！她喜歡園藝、在野溪裡游泳、用魔法升營火，還有在星空下睡覺。

　　我爸爸是巴特羅莫・月亮伯爵，他是吸血鬼。是的，千真萬確！他喜歡整晚熬夜不睡覺，只吃紅色的食物（例如番茄——真噁心！），也喜歡用他特別的望遠鏡觀看夜晚的天空，和迎著滿月飛翔。

　　還有我的妹妹，甜甜花寶寶。她的血統跟我一樣，一半是仙子、一半是吸血鬼！她喜歡打瞌睡、開心得咯咯笑，也喜歡喝粉紅牛奶。

　　至於粉紅兔兔和我嘛，不管做

任何事情都在一起。他是我最愛的填充玩偶，所以媽媽用魔法把他變成活生生的兔子了！

11

這是我們家！我的房間就在最高的塔樓上，從窗戶就能看見整座小鎮。大多時候，我們不准粉紅兔兔從窗戶眺望，因為他老是想要往下跳！

他以為他跟我一樣會飛。

他才不會飛咧。

每天早上，我都看著人類的小孩沿著我家前面的這條路走路去上學。他們穿著很好笑的制服，還打著條紋領帶。

雖然這些小孩看起來都很友善……

雖然他們看起來好像很開心的樣子……

我還是很高興自己是吸血鬼仙子，因為吸血鬼仙子不必上學。

我本來是這樣想的啦……

昨天晚上，我正在房間的窗外練習繞圈圈飛行時，爸爸從樓下叫我。

「莎莎！來吃早餐囉！」

爸爸總是在晚上七點吃早餐，因為他白天都在睡覺。媽媽則是早上吃早餐。意思是我每天都吃兩頓早餐。

不過，我不介意，因為我最愛吃花生醬土司了。

　　爸爸坐在桌子旁，喝著他特製的紅色果昔。我覺得噁心的要命，我一點都不喜歡紅色的食物，尤其是番茄。不過，我知道爸爸的特製紅果昔裡一定加了番茄。

　　「將來有一天，妳會像個正常的吸血鬼一樣愛上這個口味的。」他跟我說。

　　「因為所有的吸血鬼都愛紅色食物！」

　　可是我知道我才不會。畢竟，我只有一半的吸血鬼血統。

　　媽媽也在廚房裡，她一邊打開窗戶，讓新鮮空氣流進來，一邊把許多花束放進不同的花瓶裡。

　　我們光是在廚房裡就放了十四個花瓶，地板正中央還種了一棵樹！媽媽真的很愛把屋裡變得像在戶外。

　　甜甜花寶寶正在她的嬰兒椅上哇哇大哭，因為她的奶瓶掉到地板上了。我幫她把奶瓶撿起來，再加了些粉紅牛奶。她討厭紅色果汁，就跟我一樣。

　　爸爸說：「莎莎，我想妳該去上學了。」

　　「可是爸爸，」我說。「我是吸血鬼仙子耶，我不用上學。」

　　「就連仙子也要上學呀。」媽媽說。

　　「吸血鬼也是！」爸爸附和。

「可是我**不想**上學！」我說。「粉紅兔兔和我在家的生活好得很，我們很忙！」

「但是妳說不定會覺得學校很好玩喔，」爸爸堅持。「我小時候也很愛我的吸血鬼學校。」

「我也好喜歡我的仙子學校！」媽媽一邊說一邊用湯匙把花蜜優格舀進碗裡。

「妳一定會很開心的！」他們兩個都露出微笑。

我不是很確定欸。

「但我不完全是仙子，」我說。「也不完全是吸血鬼。那我該去上哪間學校呢？有學校是專門給吸血鬼仙子讀的嗎？有適合我的學校嗎？」

「這個嘛……沒有，」媽媽說。「不算有啦。」

「妳這種血統非常少見。」爸爸說。他正用吸管喝他的果昔。

「而且非常特別！」媽媽很快的附和。「我想仙子學校一定很適合妳！」

「不過ㄍㄨㄛ，妳當ㄉㄤ然ㄖㄢ也ㄧㄝ有ㄧㄡ可ㄎㄜ能更ㄍㄥ愛ㄞ吸ㄒㄧ血ㄒㄧㄝ鬼ㄍㄨㄟ學ㄒㄩㄝ校ㄒㄧㄠ，」爸ㄅㄚ爸馬ㄇㄚ上ㄕㄤ接ㄐㄧㄝ著ㄓㄜ說ㄕㄨㄛ。「吸ㄒㄧ血ㄒㄧㄝ鬼ㄍㄨㄟ學ㄒㄩㄝ校ㄒㄧㄠ可ㄎㄜ刺ㄘ激ㄐㄧ多ㄉㄨㄛ了ㄌㄜ！」

「是ㄕ嗎ㄇㄚ？」媽ㄇㄚ媽問ㄨㄣ。她ㄊㄚ的ㄉㄜ語ㄩ氣ㄑㄧ聽ㄊㄧㄥ起ㄑㄧ來ㄌㄞ不ㄅㄨ以ㄧ為ㄨㄟ然ㄖㄢ。「不ㄅㄨ如ㄖㄨ我ㄨㄛ們讓莎ㄕㄚ莎ㄕㄚ自ㄗ己ㄐㄧ決ㄐㄩㄝ定ㄉㄧㄥ吧ㄅㄚ！」

　　粉紅兔兔立刻蹦蹦跳跳的表示認同。

　　「莎莎可以白天去仙子學校、晚上去吸血鬼學校，最後再決定她最喜歡的學校是哪間。」媽媽說。

　　「可是……」我才剛開口。

　　「這個主意棒透了！」爸爸大喊著。

　　「嗯……好吧，」我小小聲的回答。我突然不想吃早餐了。我握著粉紅兔兔的手，慢慢走回樓上的房間，一路非常認真的思考。

「你想去讀哪間學校，粉紅兔兔？」我問。「吸血鬼學校？還是仙子學校？」

他什麼話也沒說，因為他沒辦法講話，但他抬起頭來，用漆黑閃亮的眼珠望著我，然後輕輕彈跳了一下。

「兔子學校！」我回答。「可是好像沒有兔子學校耶！」

回到房間後，我們舉辦了一場小小的茶會。我們用的是我一套特別的茶具，上面印著蝙蝠圖案。我發現茶會總是能幫助我好好思考。

由於我們沒有真正的茶葉，所以在茶杯裡裝了亮粉代替，結果粉紅兔兔把鼻子沾得到處都是亮粉。

　　「我們去上學的時候，你可要學著表現出有教養的樣子唷，」我告訴粉紅兔兔。「我知道吸血鬼學校非常重視禮儀。」

　　粉紅兔兔看起來有點不好意思，所以我拍拍他的頭，把他鼻子上的亮粉擦掉。

「沒關係啦，」我說。「我們也可以選仙子學校呀！我覺得那裡的氣氛應該比較活潑。」

粉紅兔兔似乎覺得這個主意挺不錯的。

「而且，」我又說：「我打賭在仙子學校會有更多蛋糕可以吃，說不定還會有胡蘿蔔蛋糕呢！」

粉紅兔兔興奮的蹦蹦跳跳，雖然他沒辦法真的吃東西，他還是覺

得假裝吃東西很好玩。粉紅兔兔最愛胡蘿蔔蛋糕了。

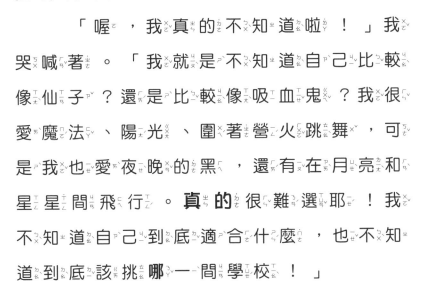

我站了起來，拍掉洋裝上的亮粉。

「喔，我真的不知道啦！」我哭喊著。「我就是不知道自己比較像仙子？還是比較像吸血鬼？我很愛魔法、陽光、圍著營火跳舞，可是我也愛夜晚的黑，還有在月亮和星星間飛行。**真的**很難選耶！我不知道自己到底適合什麼，也不知道到底該挑**哪**一間學校！」

粉紅兔兔只是聳聳肩，盯著我看。我把他抱起來，走到塔樓的窗邊。夜空中遍布閃閃發亮的星星。

我知道爸爸現在一定正在第二高的塔樓那裡，用他超貴的天文望遠鏡盯著星星看。

「你知道嗎，它們全都長得不一樣喔，」我告訴粉紅兔兔。「每顆星星都獨一無二，不過從我們這裡看起來都一樣。」

粉紅兔兔點點頭，一副充滿智慧的模樣，可是我看得出來他其實在想其他事情。

他很想從窗戶跳出去。

我牽起他軟綿綿的粉紅手掌，然後我們一起踏上窗臺。

「來吧，」我說。「在上床睡覺前，我們去星空下飛一會兒。」

第二章

仙子學校

老師：髮膠多先生
他喜歡：漂亮的手寫字、賞蝶、野地露營和魔法
上午9點第一節課：
　　　仙女棒練習
上午10點半點心時間：
　　　椰子牛奶和
　　　有機杯子蛋糕

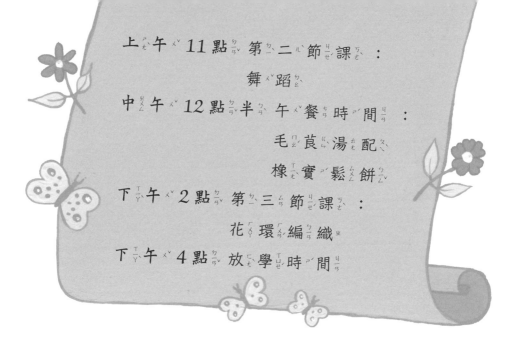

上午11點 第二節課：
舞蹈
中午12點半 午餐時間：
毛茛湯配
橡實鬆餅
下午2點 第三節課：
花環編織
下午4點 放學時間

　　去仙子學校上學前一晚，我有一點緊張，我想粉紅兔兔也一樣。粉紅兔兔如果很緊張或很興奮時，我總能看得出來，因為他會整晚不安的動來動去。那天晚上他一直扭動個不停，我也幾乎無法闔上雙眼好好睡覺。

　　所以，第二天媽媽到房間來叫我起床的時候，我覺得好累好累。

　　「莎莎，該起床囉！」她說。

「準備去仙子學校閃閃發亮囉！妳一定會很喜歡那裡！」

媽媽帶我下樓，現在是我早上的洗澡時間。地點就在花園的池塘裡。

媽媽很愛在長滿睡蓮葉的池塘中沐浴，她認為我們全都應該像她這樣。

「與大自然合而為一，能讓人充滿活力！」

　　我自己是比較喜歡爸爸負責的洗澡時間啦，比較……**不冷**。輪到爸爸帶我去洗澡時，他會關掉所有的燈光，點亮好多好多蠟燭。真的非常有氣氛唷！

　　有時候，他還會為我在牆上表演影子舞蹈秀。

　　那是我最愛的洗澡時間了。

　　仙子學校位在開滿花朵的山丘頂端，看起來好像一個裝上門窗的巨無霸杯子蛋糕，蛋糕最上面閃亮亮的巨大櫻桃還不斷噴出亮粉。

　　「學校看起來是不是很美妙？」媽媽說。她親了一下我的臉頰，然後拍拍翅膀飛走了。

　　我站在原地，望著學校，手裡還緊握著粉紅兔兔的手。他需要我握住他的手，因為這一切都太新、太陌生了，感覺有點可怕。

　　我的老師是髮膠多先生。他有一頭粉紅色頭髮，看起來就像仙子蛋糕上的糖霜。

「同學們早安，」老師說。「今天我們要來學如何使用仙女棒！」

我一直很想擁有一支自己的仙女棒。我突然明白仙子學校正適合我！畢竟，誰會不想要一支可以許願、閃閃發亮的仙女棒嘛？

「我們來變一些可愛的東西吧，」髮膠多先生說。「你們只需要揮舞仙女棒，然後使用你們的**想像力**。你們應該都是天生好手！」

他發給每個人一支亮晶晶的銀色仙女棒。

所ㄙㄨㄛˇ有ㄧㄡˇ的ㄉㄜ˙仙ㄒㄧㄢ子ㄗˇ立ㄌㄧˋ刻ㄎㄜˋ在ㄗㄞˋ空ㄎㄨㄥ中ㄓㄨㄥ揮ㄏㄨㄟ舞ㄨˇ

仙ㄒㄧㄢ女ㄋㄩˇ棒ㄅㄤˋ，繽ㄅㄧㄣ紛ㄈㄣ可ㄎㄜˇ愛ㄞˋ的ㄉㄜ˙東ㄉㄨㄥ西ㄒㄧ開ㄎㄞ始ㄕˇ一ㄧ

樣ㄧㄤˋ接ㄐㄧㄝ著ㄓㄜ˙一ㄧ樣ㄧㄤˋ出ㄔㄨ現ㄒㄧㄢˋ在ㄗㄞˋ教ㄐㄧㄠˋ室ㄕˋ裡ㄌㄧˇ，像ㄒㄧㄤ是ㄕˋ

小ㄒㄧㄠˇ貓ㄇㄠ咪ㄇㄧ、大ㄉㄚˋ碗ㄨㄢˇ大ㄉㄚˋ碗ㄨㄢˇ的ㄉㄜ˙冰ㄅㄧㄥ淇ㄑㄧˊ淋ㄌㄧㄣˊ、條ㄊㄧㄠˊ

紋ㄨㄣˊ棒ㄅㄤˋ棒ㄅㄤˋ糖ㄊㄤˊ、超ㄔㄠ多ㄉㄨㄛ層ㄘㄥˊ的ㄉㄜ˙生ㄕㄥ日ㄖˋ蛋ㄉㄢˋ糕ㄍㄠ、

鮮ㄒㄧㄢ榨ㄓㄚˋ檸ㄋㄧㄥˊ檬ㄇㄥˊ汁ㄓ……

「粉紅兔兔，我們應該許什麼
願呢？」我問。

粉紅兔兔在我身旁跳上跳下。

「胡蘿蔔蛋糕！」我說。「真
是好主意！」

我想像著一個超大、超多層的鮮奶油蛋糕，上面有杏仁霜擠成的小小胡蘿蔔。

咻——！我揮舞仙女棒。

空中突然蹦出一根胡蘿蔔，從地板上滾了過去。

我皺起眉頭。「那不是我想像的東西耶。」我說。

我閉上眼睛，重新想像蛋糕的模樣，我可以很清楚的看見那個蛋糕。

我明明知道那個蛋糕應該長成什麼樣子啊。

蛋糕總共有五層，頂端還有一隻杏仁霜小兔子。

我ぴ再ㄗ度ㄉ揮ㄏ舞ㄨ仙ㄒ女ㄋ棒ㄅ。

咻ㄒ ── ！

可ㄎ是ㄕ蛋ㄉ糕ㄍ依ㄧ然ㄖ沒ㄇ有ㄧ出ㄔ現ㄒ，倒ㄉ是ㄕ剛ㄍ才ㄘ的ㄉ胡ㄏ蘿ㄌ蔔ㄅ開ㄎ始ㄕ膨ㄆ脹ㄓ起ㄑ來ㄌ。它ㄊ在ㄗ地ㄉ板ㄅ上ㄕ滾ㄍ來ㄌ滾ㄍ去ㄑ，然ㄖ後ㄏ越ㄩ變ㄅ越ㄩ大ㄉ、越ㄩ變ㄅ越ㄩ大ㄉ。

「喔，我的天呀。」我對粉紅兔兔說。我四處張望，想找髮膠多先生求救，但是他在教室的另一頭，正忙著試吃一位仙子的蛋糕。

胡蘿蔔現在已經長成**巨無霸胡蘿蔔**了！

「別再長了！」我對著胡蘿蔔說。「停下來！」

可是胡蘿蔔仍不斷長大，變得巨大無比。

「髮膠多先生！」我喊著。可是所有仙子正興奮的嘰嘰喳喳聊天，他根本聽不見我的聲音。

我瞪著巨無霸胡蘿蔔。現在我周圍有幾位仙子已經注意到胡蘿蔔了，他們指著胡蘿蔔，放聲大笑。

這真是尷尬。

我很快的再次用仙女棒指著胡蘿蔔。

咻 —— ！一陣火花迸出。

別再長啦！我心想。

快變成一個美味可口的蛋糕吧。

胡蘿蔔終於停止長大。

可是它不但沒有變成美味的蛋糕，反而冒出一對黑色的蝙蝠翅膀。它拍拍翅膀，飛到空中。

「髮 —— 膠 —— 多 —— 先先先先先先 —— 生 —— ！！！！」

我大喊。

他終於轉過身來，剛好看見巨無霸胡蘿蔔在教室裡飛過來飛過去，在牆壁間撞來撞去，毀掉所有碰到的東西。四處盡是炸飛的蛋糕和檸檬汁，濺得牆壁和地板到處都是。

「**快找掩護！**」髮膠多先生高喊，接著立刻跳到教室最前面，躲到他的桌子底下。

其他的仙子也都跟著他的指令，躲到各自的桌子底下。

我蹲到自己的桌子底下，聽著頭上乒乒乓乓、匡啷匡啷的聲音。

這一切**都是我的錯**！我懊惱的想著，一面伸出手來想握住粉紅兔兔的手。

可是粉紅兔兔的手卻不在旁邊。粉紅兔兔不見了！

他到哪裡去了？！

我從桌子底下探出頭來，努力將視線越過檸檬汁雨，還有一陣又一陣的蛋糕屑小雨。

我感覺心臟繃得緊緊的。如果粉紅兔兔被壓扁了該怎麼辦？

就在這時候，我看見他了！他在教室的另一邊，正打開一扇大大的窗戶。

喔，多麼聰明的兔子呀！我心想。

窗戶猛然敞開，一陣涼爽的夏日微風吹進教室裡。胡蘿蔔突然在半空中停了下來。

　　它先繞著房間飛了一圈，然後把根部直直朝向敞開的窗戶，像火箭一樣衝到外面的天空中，身後還拖著一條像飛機雲一樣的蛋糕碎屑和棒棒糖尾巴。

　　突然間，所有的一切都安靜下來，沒有人說話。

　　接著，髮膠多先生從他的桌子底下出來，理了理自己的西裝。

　　「大家，拜託一下，」他說。「快從你們的桌子底下出來。真是的！你們竟為了一根胡蘿蔔，就躲到桌子底下！」

　　他接著又說：「莎莎，很遺憾，仙子都會用仙女棒，但妳看起來不會啊。」

好吧，我心想。也許我真的是個徹頭徹尾的吸血鬼吧！

第二節課是芭蕾課。

我從三歲就開始上芭蕾課了，所以這堂課我不可能會搞砸的。

我們換上自己的芭蕾舞衣。

我好愛我的芭蕾舞衣。除了粉紅兔兔以外，我的芭蕾舞衣是全世界我第二喜歡的東西，它有如午夜一般漆黑，上面綴滿銀色星星和黑色亮粉。

它讓我感覺自己既神祕，又充滿魔力。

　　有時候，我在家裡也會因為好玩而穿上舞衣。

　　我穿上舞衣後，立刻發現其他的仙子都用奇怪的眼神盯著我看，就連髮膠多先生也是。

「妳不能穿那樣啦！」他們異口同聲的說。「不能穿黑色！」

「可是我喜歡黑色，」我說。「黑色是夜空的顏色，它神祕又充滿魔力。而且你們看，我的舞衣還閃閃發亮！」

「可是妳的舞衣是黑色的，」髮膠多先生說。「我們仙子都穿粉紅芭蕾舞衣，這是規矩。」

老師要我換掉自己的舞衣，穿上一件粉紅色的蓬蓬舞衣。但感覺起來根本不一樣。

粉紅芭蕾舞衣害我絆倒了。我跳錯舞步，表現是全班最差的，我覺得我一點都不像那個神祕又充滿魔力的自己了。

「哎唷，」我對粉紅兔兔說。「也許我比自己想得還更像吸血鬼。」

我們在仙子學校的午餐是毛茛湯配橡實鬆餅。

「**好好吃喔**，」所有仙子大聲說著。「我們**超愛**橡實鬆餅和毛茛湯耶！吃起來有樹和花的味道！」

我不確定自己想不想要食物吃起來像樹和花，可是我太餓了，所以把它們通通吃光光，味道也沒很糟啦。

但是美味程度比起花生醬土司實在差太多了。

最後一節是花環編織課。

「仲夏快到了，」髮膠多先生說。「仙子曆法上有一件非常重要的活動就在這個時節。我們要去學校後面的魔法樹林，尋找小樹枝和花朵來做成美麗的花冠！下星期我們會戴著自己做的花冠，圍著營火跳舞！」

「喔──！」仙子們一起發出驚嘆。

「沒錯，」髮膠多先生說。「用這個方式接近大自然，多麼美好呀。那麼我們走吧，大家把鞋子脫掉！」

大家紛紛脫掉鞋子，跟著髮膠多先生離開學校，一起前往魔法樹林。

「我們到囉，」他說。
「現在分頭去尋寶吧！」

在仙女棒和芭蕾舞課的災難後，我真的很想好好表現。**我會讓他們大吃一驚的**，我心想。**我會做出他們這輩子看過最棒的花冠！**

我開始盡可能的收集最大、最美麗的花朵，並加進一些葉子和小樹枝。粉紅兔兔很滿意的在一旁看著我。

「還剩五分鐘！」髮膠多先生說。「我要去看你們的作品囉。」

我真的很希望自己的花冠是全班最棒的。我還可以再加點什麼上去呢？

　　這時候，我看
見附近有不少色彩
鮮豔的蕈菇，
它們圍繞成
一個環狀。

　　「這些
看起來好像珠
寶喔！」我對
粉紅兔兔說。

　　我很快的採
了一些蕈菇，把它們妝點到我的花
冠上。

　　「好美喲！粉紅兔兔，你看，
我是皇后！」

　　可是，當髮膠多先生看到我的
作品時，他一點也不高興。

　　「月亮莎莎！」他說。「妳剛

才把一個神聖的仙子環
毀了！」

　我眨了眨眼睛。

　「從來沒人告訴過
妳，」髮膠多先生說：
「絕對、**絕對**不能採仙
子環裡的蕈菇嗎？更何況它們還是
毒菇欸！」

我低頭看著自己的手，發現手上冒出了好多讓人發癢的紅點。

「趕快拿掉那頂花冠！妳最好去請學校的護士阿姨幫妳擦一些魔法藥膏。」髮膠多先生命令。

我立刻把頭上的花冠摘下，丟到地上。我覺得自己的雙眼充滿了淚水。

「我又不知道，」我說。「我不知道，因為我不是仙子，我是吸血鬼！」

說完後，我馬上轉身跑回學校。直到媽媽來接我回家前，我一句話都不想說。

「妳今天過得如何呀？」媽媽

看見我的時候問。「妳開心嗎？仙子學校是不是很棒？」

我說不，一點也不棒，還有我覺得自己根本不是仙子。我只是一個吸血鬼。

　　媽媽看起來有點失望。

　　「妳可能只是累了，」她說。
「我相信等到明天，妳就會有不一
樣的想法了。」

　　接著我們回到家，和爸爸一起
吃早餐。

爸爸聽到我說自己是吸血鬼時，顯得非常高興。

「我的確一直這樣覺得。」他邊說邊大聲吸著紅色果昔。

早餐後就是睡覺時間了。經歷在仙子學校漫長的一天後，我實在太累了，累到連牙齒都忘了刷。我才剛和粉紅兔兔一起窩進星星棉被裡，立刻呼呼大睡。

等我醒來時，已經是早上了，陽光從塔樓的窗戶灑進來。

「來吧，粉紅兔兔！」我戳了戳他，叫他起床。「今天晚上我們要去吸血鬼學校上學了！」

我穿好衣服，然後咻的一聲從樓梯的扶手往下溜到廚房。

　　爸爸才剛結束他的夜間飛行。他打著呵欠，看起來一臉疲憊。媽媽則忙著從廚房的樹上摘下蘋果。她用仙女棒把蘋果變成一杯又一杯可口的果汁。

　　我在桌前坐下來，開始在自己的土司麵包上塗奶油。

　　「妳期待晚上去吸血鬼學校上學嗎？」爸爸充滿期待的問。

　　「喔，對呀！」我說。「我覺得我一定會喜歡吸血鬼學校！」

　　爸爸看起來很開心。他打了個呵欠，看了看牆上的時鐘。

　　「好，那妳最好吃完早餐後，再回床上躺一下，」他說。「妳整個白天都得有充足的睡眠，這樣晚上才會神采奕奕又充滿活力，就跟

我一樣！」

我盯著他看。

「可是我才剛起床耶！」我驚訝的說。「我又不累！」

「嗯，如果妳白天不睡覺，上學的時候會覺得很累唷，」爸爸說。「來吧，把妳的土司吃光光，然後上床睡覺。」

於是我乖乖吃完我的土司，只是吃得超——級——慢。接著，我走上樓梯，回到我的塔樓去。

我走得非——常——慢。再用非——常——慢的速度換回睡衣，然後和粉紅兔兔一起坐在床上，看著陽光從窗戶直射進房間裡。

我現在怎麼可能睡得著嘛？
今天這麼明亮，鳥兒們也正在
外面大聲啾啾叫耶！

人類小孩們也鬧哄哄的，他們這時正準備要去上學。

過了幾分鐘，我爬起來，試著用被子擋住光線，結果不怎麼管用。

「媽媽──！」我朝樓下高聲大喊。

媽媽很快的上樓來。

「怎麼啦？」她問。

「太亮了！」我抱怨著。

媽媽用魔法在窗戶上變出深色窗簾。

「太吵了！」我說。「我聽得到鳥叫聲。」

媽媽用魔法變出一副耳塞。

「我好渴喔！」我說。

媽媽去拿了一杯蘋果汁給我。

「我想上廁所！」

「嗯，那妳趕快去。」媽媽嘆了一口氣。

一直到晚上，我都沒有閉上眼睛睡覺。不過我總共喝了十三杯蘋果汁，還上了無數次廁所。

我突然覺得非常疲倦，連眼睛都快要睜不開了，粉紅兔兔也和我一樣。

「我們好睏！」我跟爸爸說。「也許我們應該直接上床睡覺才對。」

「開什麼玩笑！」爸爸說。「你們已經睡了一整天耶！你們只要看到吸血鬼學校有多好玩，就不會想睡了！」

第三章

吸血鬼學校

老師：黑牙伯爵夫人

她喜歡：彎彎曲曲的
手寫字、黑色蝙蝠，
還喜歡頭髮向後梳得
光滑平整又閃亮。

晚上10點　第一節課：
　　　　　飛行隊形操練

晚上11點半　點心時間：
　　　　　　　紅色果汁

凌晨 1 點 第二節課：
蝙蝠訓練
凌晨 3 點 午餐時間：
番茄湯配
番茄三明治
及甜菜根脆片
凌晨 4 點半 第三節課：
儀容整理
上午 7 點 放學時間

　　吸血鬼學校也在山丘上，可是這座山丘並沒有開滿花朵，學校也不是蓋成粉紅色杯子蛋糕的樣子。

　　吸血鬼學校是一座高高的黑色城堡，許多蝙蝠在城堡尖頂和塔樓附近飛來飛去，城堡後面的天空還不時出現陣陣雷鳴和閃電。

粉紅兔兔在發抖，所以我緊緊握住他的手。我感覺得出來，他有點害怕，他不喜歡暴風雨。

　　「學校看起來很棒吧！」爸爸一說完，立刻展開黑色斗篷飛到空中，開心的大喊大叫。

　　我的老師是黑牙伯爵夫人。她的個子很高，還有尖尖的紅色指甲。

　　「同學們晚安，」她說。「今

天晚上我們要學習正統吸血鬼的飛行技能 —— **嗖**的一聲，在天空中**滑行**，**呼嘯**著飛越月亮，然後在天空中展示出整齊且完美的隊形！我們先從箭頭的形狀開始吧，一個漂亮的、尖尖的箭頭。」

喔太棒了，我在心裡想著。我已經會飛了，而且我還有其他吸血鬼們沒有的東西：翅膀！這對我來說太簡單了。

「跟著我！」黑牙伯爵夫人說。她提起斗篷，用閃電般的速度衝向空中。

其他的吸血鬼一個接一個的跟在她身後 ——

嗖，**滑行**，**呼嘯而過**。

接ㄐㄧㄝ下ㄒㄧㄚ來ㄌㄞˊ輪ㄌㄨㄣˊ到ㄉㄠˋ我ㄨㄛˇ了ㄌㄜ。可ㄎㄜˇ是ㄕˋ，當ㄉㄤ我ㄨㄛˇ飛ㄈㄟ上ㄕㄤˋ天ㄊㄧㄢ空ㄎㄨㄥ時ㄕˊ，發ㄈㄚ現ㄒㄧㄢˋ自ㄗˋ己ㄐㄧˇ沒ㄇㄟˊ有ㄧㄡˇ發ㄈㄚ出ㄔㄨ嗖ㄙㄡ的ㄉㄜ一ㄧ聲ㄕㄥ，沒ㄇㄟˊ有ㄧㄡˇ在ㄗㄞˋ滑ㄏㄨㄚˊ行ㄒㄧㄥˊ，也ㄧㄝˇ沒ㄇㄟˊ有ㄧㄡˇ呼ㄏㄨ嘯ㄒㄧㄠˋ而ㄦˊ過ㄍㄨㄛˋ。我ㄨㄛˇ只ㄓˇ是ㄕˋ在ㄗㄞˋ……拍ㄆㄞ翅ㄔˋ膀ㄅㄤˇ而ㄦˊ已ㄧˇ。

我的翅膀拍呀拍，它們飛得不像其他吸血鬼那麼快。它們拍動的方式比較像是……仙子的翅膀。我以前怎麼從來沒有注意過這一點？

「莎莎，快點跟上！」黑牙伯爵夫人大喊。「妳現在變成最後一個了！」

我更用力拍著翅膀，設法跟上大家。我看見其他吸血鬼們都遙遙領先，他們正一起圍著又大又亮的月亮飛行。

「**箭頭**！」黑牙伯爵夫人尖聲喊著。

所有的吸血鬼迅速排成一個箭頭的形狀，還在隊伍的最後方留了一個位置給我。

「莎莎，快來！」他們喊著。

我盡可能用力拍著翅膀，最後終於抵達箭頭尾端的那個位置。我才剛剛喘過氣來，黑牙伯爵夫人馬上接著說：

「現在全力衝刺！」

整個箭頭突然往前衝，我一個人又再次孤零零的獨自留在空中。

這實在是累死人了。

「等一下！」我喊著，用盡全力拍著翅膀。「等等我啊！」

「**大家停下來！**」黑牙伯爵夫人突然高聲大叫。「我們必須等莎莎！」

其他吸血鬼立刻在空中停下來，仍然維持著完美的箭頭隊形，他們閃閃發亮的頭上連一根頭髮都沒有亂掉。

可是我不習慣飛得這麼快，我的翅膀仍繼續拍動著。現在我停不下來了！

我直直撞上箭頭最後端的吸血鬼，我的翅膀跟他的斗篷糾纏在一塊兒，結果我們倆滾成一顆球，開始高速墜向地面。

「救命啊！」
我大喊。我們不
停打轉，一大堆
星星從我們眼前急
速閃過。

「**緊急狀況**！」
黑牙伯爵夫人大叫。
她把斗篷收攏，向我們俯衝過來。
幸運的是，吸血鬼飛行的速度超級
快，她在我們撞到地面前，及時扯
住我的洋裝。

「好險！」她把我們兩個直直
安放在地面上。「我想今天的飛行
已經夠了。」

粉紅兔兔用手抹了一下前額，
鬆了一口氣。

「飛行恐怕不是妳最佳的天賦

耶，莎莎。」黑牙伯爵夫人說。

我低下頭，也許比起吸血鬼，我還是比較像仙子。

飛行課結束後，點心時間到了。黑牙伯爵夫人發給每個人一盒紅色果汁。

「好喝！」吸血鬼們說。

「好噁心！」我說。「是番茄汁耶！」

「當然啦！」黑牙伯爵夫人說。「我們吸血鬼最喜歡喝這個，超美味！」

我和粉紅兔兔互相看了一眼。

「我覺得……」我輕聲說：「也許我不算是吸血鬼吧……」

我打了一個呵欠。很大的呵欠。我覺得好累喔。

「現在！」
黑牙伯爵夫人說。
「蝙蝠訓練課的時間到
了。跟我來！」

　　她帶我們走過一道黑漆漆又刮
著風的走廊，到一個大房間。裡頭
放著好幾百個，甚至是**好幾千個**籠
子，每個籠子裡都關著蝙蝠。

「蝙蝠是很適合吸血鬼的寵物，」黑牙伯爵夫人說。「用牠們送信很方便喔。」

她比了一個手勢，示意我們看她周圍，那些在籠子裡拍著翅膀的蝙蝠們。

「你們每個人都可以選一隻，當作自己的專屬寵物。」她說。

我的目光在房間裡四處搜尋。我突然覺得好興奮。我**愛**蝙蝠，我們的閣樓裡就有二十七隻蝙蝠。能養一隻屬於自己的寵物蝙蝠實在是太棒了！

我望向籠子裡，有大蝙蝠、小蝙蝠、瘦巴巴的蝙蝠、毛皮油亮亮的蝙蝠……我該選哪隻呢？

最後，
我決定選一隻體型
中等的蝙蝠，牠的毛
皮像絲綢一樣光滑，黑
色的眼睛很像閃亮的珠子。

「我要叫牠釦子。」我告訴粉
紅兔兔。「聽起來是不是很棒？」

不過，不知道為什麼，粉紅兔
兔看起來不是很開心。

「大家注意！」黑牙伯爵夫人
說。「訓練蝙蝠的第一項原則，在
戶外或窗戶打開的時候，千萬不要
讓你的蝙蝠離開籠子，否則蝙蝠會
飛走。」

每個人都四處張望，確認
塔樓的窗戶有關好。

「當然，」黑牙伯爵夫人繼續說：「如果你的蝙蝠跟我的蝙蝠一樣，經過完整的訓練，牠就永遠也不會飛走喔。」她露出得意的笑容，輕輕摸了摸她的寵物蝙蝠。她的蝙蝠身形巨大，毛皮如同午夜般漆黑無比。

「你們現在可以把自己的蝙蝠放出來了。」她說。

我打開小籠子的門，釦子飛了出來。

「很好，」黑牙伯爵夫人說。「我們開始吧！我們要教蝙蝠的第一件事是在空中翻筋斗。」

她指著自己的蝙蝠，用手指朝牠轉圈圈，蝙蝠立刻做了一個完美的後空翻。

　　「現在換你們試試看。」她對全班說。

　　我用手指著釦子，在空中畫了一個圓後，釦子在空中倒立起來。

　　「快成功了！」我興奮的說。「粉紅兔兔，你看見了嗎？」

　　可是粉紅兔兔沒有聽見我說話，他忙著在地板上做出完美的翻筋斗動作。

　　「我們要做的第二件事，」黑牙伯爵夫人說：「就是教我們的寵物乖乖坐在我們的肩膀上。」她彈

了一下手指，她的蝙蝠立刻飛到她左邊的肩膀上。

我也對釦子彈了一下手指。

可是釦子還沒來得及做任何動作，粉紅兔兔便一躍而起，咚的一聲降落在我肩膀上。

「嘿！」我說。「粉紅兔兔，你得下來啦！」

但是粉紅兔兔一點都不想下來。他用他粉紅色的小手抱住我的脖子，然後把柔軟的腳緊緊勾在我的鎖骨上。

「我是說真的啦，」我說。「你趕快下去，不然我們會有麻煩的。」我把他從我身上拉開，放到地板上。

我把注意力轉回釦子身上，又對牠彈了一次手指。

「來嘛。」我催促牠。

可是釦子對於坐在我肩膀上好像沒什麼興趣。牠突然被房間另一頭的東西吸引住了。

是什麼呢？我轉身去看，立刻倒抽了一口氣。

塔樓的窗戶！

現在有一扇窗戶已經被整個推開了！

喔不！在我這樣想的時候，教室裡霎時充滿翅膀拍動的聲音。

所有的寵物蝙蝠，包括釦子，
全都開始衝向那扇打開的窗戶。

　　牠們發出**嗖嗖**的聲音！然後
就——**啪噠啪噠**！**咻**！**自由**！

　　「**啊啊啊**！」黑牙伯爵夫人
發出尖銳的叫聲。「**是誰把窗
戶打開的**？」

她提起斗篷，跳到房間另一端，把窗戶關上。

可是已經太遲了。

蝙蝠全都飛走了。

我望著房間另一頭的粉紅兔兔。他正在敞開的窗戶旁晃來晃去，看起來非常得意。

「月亮莎莎！」黑牙伯爵夫人大喊。「妳的粉紅兔闖禍了，他是個**麻煩製造者**！我在此宣布**禁止**他出入吸血鬼學校！」

「可是……」我說。

「沒有可是！」黑牙伯爵夫人說。「今天過後，**永遠**不准他再回來！」

接著，她提起斗篷，咻咻的衝出房間，到餐廳去了。

粉紅兔兔看起來一點也不覺得抱歉的樣子。

　　午餐後（午餐當然是更多的紅色食物 —— 番茄三明治，還有番茄湯配上甜菜根脆片，噁心！）是今天最後一節課 —— 儀容整理。

　　「儀容**非常**重要！」黑牙伯爵夫人繞著教室走，發給大家小小的銀色手持鏡、刺刺的梳子和一罐又一罐黏糊糊的髮膠。「吸血鬼必須永遠容光煥發！亮晶晶又整潔的頭髮太重要了！這是規矩！」

　　她驕傲的輕拍自己完美的頭髮。

她頭上的髮膠多到一碰到頭髮，就會發出「啪啪」的聲音。

其他的吸血鬼全都開始梳理自己原本就亮晶晶又整潔的頭髮，一邊梳頭還一邊露出微笑。

我拿起梳子。這件事可不簡單。因為，我的頭髮很……狂野。

我把梳子放到頭上。

一分鐘後，梳子卡住了！

「黑牙伯爵夫人，」我叫著。「梳子卡在我頭髮上了！」

黑牙伯爵夫人急忙趕到我身邊，不耐煩的大聲發出嘖嘖聲。她拉了一下梳子，梳子卻動也不動。

「妳的頭髮打結了啦！」她抱怨著，然後更用力拉了一下梳子。

「哎唷！」我說。

她又更用力拉扯梳子……

「**哎唷！**」我大喊。

最後，她總算把梳子從我頭上
拔開，但我一大團頭髮也跟著被扯
掉了。

「我們來試試看髮膠吧！」黑牙伯爵夫人說。她從罐子裡舀了一大匙髮膠，開始塗在我的頭上。

「這樣一定有用。」她說。

可是髮膠沒有用。我的頭髮就是不肯乖乖聽話。我望著手裡的鏡子，看著黑牙伯爵夫人努力想擺平我的頭髮。每次她剛把我某一撮頭髮梳理整齊，那撮頭髮立刻又砰一下翹起來。

砰，砰，**砰**！

黑牙伯爵夫人皺起眉頭。「莎莎，妳的頭髮**很不乖**唷！」

我微微笑了一下，覺得有點睏了。我不介意自己的頭髮乖不乖。事實上，我滿喜歡自己亂亂的頭髮。我閉上眼睛，黑牙伯爵夫人繼續在我頭上塗滿黏糊糊的髮膠。感覺挺舒服的，我真的覺得好睏……

「我**一定會**讓妳的頭髮乖乖聽話，」在我快睡著時，聽見她這

樣說。「我一定會的，這實在太讓人不滿意了……」

接著嘛，我不知不覺進入了夢鄉。

　　爸爸在凌晨來學校接我時並沒有很開心。

　　「莎莎，妳不應該在吸血鬼學校睡著啊！」他說。

　　「我知道，」我難過的說。「也許我不是真正的吸血鬼吧。」

　　爸爸看起來很失望。

　　「希望妳好好睡一覺以後會有不一樣的想法。」他充滿希望的說。「我們回家吧。」

　　於是我們一起飛回家。到家後我就直接去睡覺了，跟爸爸每天早上做的事一樣。

　　我睡了整個早上，一直到下午三點才起床！感覺好奇怪。

　　我起床的時候，媽媽已經在廚房等我了。她幫我做了一個三明

治，我知道她是用魔法做的，因為我每咬一口，味道都不一樣。一開始是火腿口味，然後變成花生醬口味，接下來又變成小黃瓜口味，然後嘛……

「噁心！是番茄！」我大喊。

有時候媽媽抄捷徑是沒用的。

「喔，糟糕，」她說。「抱歉，我還沒完全弄清楚那個咒語的訣竅。讓我再試一次唷！」

「沒關係啦，」我說。「我已經不餓了。」

「所以，吸血鬼學校怎麼樣？」媽媽問。

「跟仙子學校比起來，妳更喜歡吸血鬼學校嗎？」

「我不確定耶……」我說。「我還是不曉得自己到底比較像仙子？還是比較像吸血鬼？」

「好吧，」媽媽說。「我知道了。」

我抓起一把穀片，跟粉紅兔兔一起到花園裡晃晃。透過圍籬，我們看得到剛放學的人類小朋友們正沿著人行道走回家。

有的小朋友邋邋遢遢，有的小朋友乾乾淨淨；有些小朋友很吵鬧，有些小朋友很安靜；有些小朋友很高，有些小朋友很矮，還有些小朋友很胖，有些很瘦；也有些小朋友只是普普通通。

而且，最重要的是——他們看起來好像都不介意！

我突然想起爸爸告訴過我，關於天空中星星的事。

每顆星星都不相同，卻同樣美麗。我心想：

　　也許我有點不一樣也沒關係呀，不一樣也很美麗。

　　我把臉貼得離圍籬更近一點。其中一個小朋友看見我了，他的頭髮是金黃色的，臉上有好多雀斑，還掛著大大的微笑。

　　他對著我說：「嘿，妳叫什麼名字？」

我沒有回答，因為我突然覺得很害羞。

可是男孩沒有離開。他走近我站的地方，抬頭盯著我們家看。

「好酷的房子！」他說。

然後他看見我的翅膀。

「好酷的翅膀！」他說。

「妳真的有辦法用這對翅膀飛起來嗎？」

我點點頭，拍了拍翅膀，飛離地面幾公分。

「太強了！！」男孩大喊。

現在其他小朋友也靠了過來。

「哇！」他們說。「我們之前就一直想要跟妳講話耶！」

「真的嗎？」我吃驚的說。

　　「喔，真的呀，」男孩說。
「我們每天去上學的途中都會經過
妳家。我們也看過妳在上面那座塔
樓的窗邊喔。」

「而且我們在這裡看過一個仙子唷！」一個綁著辮子的小女生開口說，她正忙著啃花生醬三明治。「一個粉紅色頭髮的仙子！我和我的朋友每次都想偷偷瞄一眼，看看能不能看見她。」

「喔，那是我媽媽。」我說。

「我們還看過一個吸血鬼，」男孩發抖的說。「一個真的很可怕的吸血鬼唷，他披著黑色的斗篷，還有尖尖的牙齒。妳知道嗎？我們班上有些人太害怕了，都不敢從妳家前面經過耶。」他挺起胸膛。「不過我可不怕！」

我大笑出來。

「那只不過是我爸爸，」我說。「他一點也不可怕啦！」

「所以真的有仙子和吸血鬼住在這裡？這是真的嗎？」他們問。

　　「對呀！」我說。「是真的！而且還有一個吸血鬼仙子住在這裡喔……**就是我**！」

　　「吸血鬼仙子！」他們異口同聲的說。「酷斃了！」

　　「我希望我是吸血鬼仙子！」另一個女生說，她捲捲的頭髮上夾著粉紅色的塑膠髮夾。

　　我突然對自己感到非常自豪。

　　「我叫莎莎。」我告訴這群小朋友。

　　「好棒的名字！」捲頭髮的女生說。「我叫柔依，她是薩希。」

她指著綁辮子的女孩。

「我是布魯諾，」男孩說。

「所以妳是去哪間學校上學？是特別給吸血鬼仙子念的學校嗎？」

「嗯，」我說：「我……」

不過，就在這個時候，我聽見屋裡傳來聲音。

「莎莎 ——！」

是媽媽在屋裡叫我。

「我得走囉，」我告訴小朋友們。「可是我真的很高興能認識你們！也許我們改天能再來圍籬這裡聊天？我可以幫大家準備花生醬三明治！」

「喔，當然好啦！」他們說。「請妳一定要再回來！我們可以一起野餐。記得帶妳的粉紅兔兔喔，他好有趣！」

「我最喜歡花生醬三明治了！」薩希說。

「我也是！」我說。「我還喜歡配上蘋果汁。」

「聽起來超美味！」布魯諾喊著。

「莎莎——！妳在做什麼？」媽媽又叫我了。

「我真的得走了！」我說。

我跟小朋友們說完再見後，轉身跑回屋子，粉紅兔兔跟在我身後開心的蹦蹦跳。

　　我實在忍不住，我的小跑步變成蹦蹦跳，又變成雀躍的踏跳步。我突然覺得開心極了！

　　「妳出現啦。」我進到屋裡時，媽媽說。

　　「喔，太好了。」爸爸打著呵欠。對他來說，現在醒來還有點太早了，所以他戴著太陽眼鏡。

　　「我們已經決定讓妳同時上**兩間**學校試試看，」媽媽說。「這是最完美的解決辦法！」

　　「可是……」我說。

　　「妳可以早上去上仙子學校，回家小睡片刻後，晚上再去上吸血鬼學校。」媽媽說。

　　「可是……」我說。「我**不想**那樣耶。」

　　媽媽看起來很驚訝。「為什麼不想？」她說。

　　「我想到一個更棒的解決辦法了……我想去上**普通的人類學校**！」

　　爸爸和媽媽都倒抽了一口氣。

　　「喔，不行不行不行！」爸爸和媽媽一起驚呼。「妳怎麼可能會想去那裡上學呢？妳有魔法耶！妳很特別呀！妳得去上特殊的學校才行。不是吸血鬼學校，就是仙子學校。」

　　我搖搖頭。

　　「不要！」我說。「我要去上普通的學校。」

　　「可是那裡有很多人類耶！」爸爸驚訝的說。

「人類好怪。他們很少呼吸新鮮空氣，整天坐著不動看著箱子。他們吃米色的食物，還用螢幕跟彼此說話……」爸爸說。

「而且他們連飛都不會耶！」媽媽說。

「這個嘛，我剛剛才跟幾個人類小朋友講話。他們人很好。有一個小朋友叫布魯諾，有一個叫柔依，還有一個叫做——」

「妳跟他們講話！」爸爸驚恐的倒抽一口氣。

「可是……可是……他們跟妳不一樣，」媽媽說。「妳很與眾不同。」

「我知道，」我說。「但是他們每一個也都不一樣啊，就跟爸爸

用望遠鏡看到的星星一樣。他們不介意我不是真的吸血鬼，也不是真的仙子。事實上，他們覺得這樣很酷。」

「嗯……」爸爸說。「人類真的很奇怪耶。」

「不過，我喜歡他們，」我說。「我反而開始覺得應該是**你們**兩個有點奇怪吧！」

「喔！」媽媽說，她用仙女棒敲著蘋果樹，現在樹上開始長出橘子了。

「真的嗎？」爸爸說，他把太陽眼鏡往鼻子上方推了一下。

「對呀，」我告訴他們。「但是我覺得這樣很棒，因為這樣才好玩呀。」

粉紅兔兔在我身旁點點頭，一副充滿智慧的模樣。

「所以，」我繼續堅定的說：「我已經決定了，普通的學校

才是最適合我的地方！」

　「嗯，」媽媽說，從樹上摘了一顆橘子。

　「妳**確定**妳不會想去上吸血鬼學校嗎？」爸爸問。

　「我確定。」我告訴爸爸。

　「妳**確定**妳不會想去上仙子學校嗎？」媽媽接著問。

「沒錯！」我說。

「喔，那好吧，」爸爸說。「也許妳確實適合去上普通的人類學校。」

「也許那裡會成為最適合妳的地方。」媽媽說，她伸出手臂準備給我一個擁抱。

我露出微笑，粉紅兔兔在我旁邊蹦蹦跳跳。

「我就知道！」我開心的跟他們說。「人類學校最適合像我這樣的吸血鬼仙子了！」

月亮莎莎

心理測驗

你ㄋㄧˇ比ㄅㄧˇ較ㄐㄧㄠˋ像ㄒㄧㄤˋ仙ㄒㄧㄢ子ㄗˇ？還ㄏㄞˊ是ㄕˋ比ㄅㄧˇ較ㄐㄧㄠˋ像ㄒㄧㄤˋ吸ㄒㄧ血ㄒㄧㄝˇ鬼ㄍㄨㄟˇ呢ㄋㄜ？做ㄗㄨㄛˋ個ㄍㄜˋ測ㄘㄜˋ驗ㄧㄢˋ找ㄓㄠˇ出ㄔㄨ答ㄉㄚˊ案ㄢˋ吧ㄅㄚ！

❶ 你最愛什麼顏色？

A. 粉紅色　B. 黑色　C. 我兩種都愛！

❷ 你比較想去上哪一間學校？

A. 一間亮晶晶的學校，教你魔法、芭蕾，還有編織花冠

B. 一間陰森森的學校，教你滑翔、訓練蝙蝠，還有如何擁有最柔順的頭髮

C. 一間每個人都與眾不同又有趣的學校

❸ 午餐時間到了！你想吃什麼？

A. 先來碗毛茛湯，再配上橡實鬆餅和花蜜優格

B. 番茄汁、紅色果昔和番茄……其實任何紅色的食物都可以！

C. 花生醬土司，還有一大塊胡蘿蔔蛋糕作為甜點

測驗結果揭曉！

大部分選 A：
你是一個亮晶晶、會跳舞的仙子，熱愛大自然！

大部分選 B：
你是一個愛乾淨、穿著斗篷的吸血鬼，熱愛夜晚！

大部分選 C：
你是半仙子、半吸血鬼，超級與眾不同──就跟月亮莎莎一樣！

所以ㄙㄨㄛˇ以ㄧˇ，你ㄋㄧˇ比ㄅㄧˇ較ㄐㄧㄠˋ像ㄒㄧㄤˋ仙ㄒㄧㄢ子ㄗˇ，還ㄏㄞˊ是ㄕˋ
吸ㄒㄧ血ㄒㄧㄝˇ鬼ㄍㄨㄟˇ呢ㄋㄜ˙？

仙ㄒㄧㄢ子ㄗˇ

吸ㄒㄧ血ㄒㄧㄝˇ鬼ㄍㄨㄟˇ

兩ㄌㄧㄤˇ者ㄓㄜˇ都ㄉㄡ是ㄕˋ！

月亮莎莎 系列 **1** ～ **4** 集可愛登場！
你看過多少本了？

快來看看莎莎跟她與眾不同的家人
又會發生什麼精彩好玩的故事吧！